Rintscher Vertäll

VII

„van hott noa hüe"

van Bernd J. Henk

Bibliographische Information der Deutsche Nationalbibliothek
Die Deutsche Nationalbibliothek verzeichnet diese Publikation in der
Deutschen Nationalbibliographie; detaillierte bibliographische Daten
sind im Internet über http://dnb.d-nb.de abrufbar

Idee und Realisierung by hb
Umschlaggestaltung und Layout: Sascha
Umschlagillustration: Hinterglasmalerei Gereonsplatz
(früher: Neumarkt) in Viersen-Rintgen von Bernd-Jürgen Henk

Herstellung und Verlag: BoD - Books on Demand, Norderstedt
ISBN 9-783746-015422

Erzählungen
aus dem Rintgen VII

"Von hier nach da"

Rintscher Vertäll VII

"van hott noa hü e"

Bisher sind folgende Kurzgeschichten
in der Serie

„RINTSCHER VERTÄLL"

veröffentlicht worden:

Inhaltsverzeichnis

Wat doa dren schteet

Vorwort

Im Buch Nr. 7 werden wieder
Alltagsgeschichten erzählt,
von der Treibjagd bis
zu der unglücklichen Weihnachtstanne.

Wie immer sind auch nun wieder
Blickpunkte bis hin zur Satire,
verschiedene Geschichten beschrieben.

Um die sicherlich eigenwilligen
Ausdrücke im Dialekt
besser zu verstehen,
wird die fast gleiche Übersetzung
in hochdeutsch gegenübergestellt.

Wie stets, wünsche ich vor allem
viel Spaß beim Lesen.

hb

V ö e r w o e r t

En dat Book No. 7 send wär
Jeschichte vertällt,
van en Driivjaacht bös
noa en unsellije Kresmestann.

Wii emmer send nu ooch wär
Blekpongkte bös noa en Satire,
verschaie Jeschichte beschrii-eve.

Öm deä seeker eeje Vertäll
en Platt beäter te verschtoan,
wäerde deä dii biinoa jliike Wöerd
en huu-echdoitsch
teäjenöver jeschtällt.

Wii dökster wönsch ech nu ooch hüet
vüel Plesii-er be et leäse.

hb

Die Treibjagd

Die Treibjagd -
möchte gern ein Sport für alle sein,
für Jäger, Kaninchen
und das wilde Schwein.

Zunächst wird in das Horn geblasen,
Mensch und Tier geben sich noch gelassen.

Der Jäger klettert den Hochstand hinauf,
am anderen Ende
stellen die Treiber sich auf.

Die Flinte wird gegen den Wind gehalten,
der Jagdsport kann sich nun entfalten.

Dann werden die Hunde
von der Leine gelassen,
um durch den Busch die Beute zu fassen.

Über Stock und Stein daher,
läuft das Wild nun kreuz und quer.

Drei oder vier Mal geht das gut,
die Kugel ist der Hasen Tod.

Dii Driivjaacht

En Driivjaacht -
möet jeär ne Schport vüer alle sii-en,
vör deä Jeäjer, Väreke on dat Knii-en.

Öersch wörd en et Horn jebloase,
Minsch un Dii-er schtond dann en Poose.

Deä Jeäjer klömp
deä Huu-echschtand örop,
aan't angere Äng
schtälle de Driiver sech op.

Dii Flent wörd teäje d'r Wengk jehalde,
deä Jaachtschport kann sech nu envalde.

Dann wäerde de Höng'
van de Linn jeloate,
un komme duur deä Boosch jeschoate.

Över Schtok un över Schteen,
löpp dat Welt due knatsch dureen.

Dree- of vaier Kii-er jeet dat joot,
dii Kuurel ös d'r Haasen Duu-et.

Waren die Chancen gerecht verteilt,
der Eine schießt – der Andere fällt?

Schwein, Kaninchen, Reh und Has',
beißen doch zuerst ins Gras.

Auf dem Grund liegt ausgestreckt,
all das Wild, das nun verreckt.

Erfolgreich ging die Jagd zu Ende,
die Jäger schütteln sich die Hände.

Auch die Treiber können hoffen,
der Jäger hat sie nicht getroffen.

Dann erschallt der Trompetenklang,
das große Halali – der Abgesang.

Und was lernen wir davon;
es ist besser –
man steht auf der Seite vom Jägersmann.

*

Woare de Schangse jerächt verdeelt,
deä Eene schött – deä Angere vällt?

Värke, Knii-en, Reh un Haas
biite toch et i-iersch en et Jraas.

Op d'r Jrongk loach uutjebree-it,
all dat Dee-irsch wat et henger sech hät.

Et wörd sech op de Scholder jeklopp,
dat hät vandaach wär joot jeflupp.

Ooch dii Driiver könne wär hoffe,
deä Jeäjer hät'se net jetroffe.

Due hant'se en dii Trööt jetuut,
et jruu-ete Halali – dii Jaacht ös uut.

Un wat lii-ere wör doavan,
et ös beäter –
man ös op de Sii-e van d'r Jeäjersmoan.

*

Unser Dialekt

Dialekt sprechen,
ohne sich vornehm zu geben,
ach – wie schön ließ' sich früher leben.

Von Kleve bis Köln und Aachen,
wie der Mund gewachsen –
so waren die Sprachen.

Selbst über die Grenze zu Holland hin,
gab es viele Worte mit gleichem Sinn.

Über Generationen war man daran gewöhnt,
so zu sprechen wie man es von klein an kennt.

Aus einzelnen Worten hörte man heraus,
ist er vom Rahser oder Helenabrunn zu Haus.

Deutsch und Dialekt –
beides lernen in Maßen,
das Eine tun – und das Andere nicht lassen.

In der Schule wurde uns eingebläut,
„Hochdeutsch" zu lernen – das macht Freud'.

Osser Platt

Platt kalle
un känne vüerneäme Doi duu-en,
nee – wat woar dat vroijer schuu-en.

Van Kleve bös Kölle un Oake,
wii de Schnüss jewaasse –
sue woard jeschproake.

Sälefs över de Jräns en Holland örin,
jöev et vüel Wöerd möt d'r jliike Senn.

Üewer Jeneratsioune
woar deä Minsch doa draan jewännt,
sue te schpräeke wat heä van kleen aaf kännt.

Uut enkele Wöert hüerde man eruus,
deä ös uut et Roahser of Lennebuur te Huus.

Doitsch un Platt –
bee-its lii-ere möt Moate,
dat Eene duu-en – un dat Angere net loate.

Op de School hant'se os enjebloit,
„Huu-echdoitsch" te lii-ere – dat mäk vroit.

Fremde Sprachen zu lernen -
davor war mir nicht bang',
aber ohne Dialekt – und dies jahrelang.

Über die Jahre –
man kann es nicht messen,
sind viele Wörter im Dialekt wieder vergessen.

Nicht mehr gebraucht sind alte Bezeichnungen
im Handwerk und Handel,
bei Bauern auf dem Land
und das Leben im Wandel.

Für neue Dinge fehlt im Dialekt der Nam',
wie Computer, Laptop und anderen Kram.

Dialekt hören und verstehen -
geht gerade noch,
wogegen schreiben, lesen und sprechen -
manchen bereitet doch Stress genug.

Für die meisten Menschen,
die nach uns geboren,
geht ohne Dialekt –
auch ein Stück Kultur verloren.

*

En vreäm Schproak lii-ere -
doavör ös mech net bang,
äver t'songer Platt – on dat joartii-ende lang.

Un över dii Joare –
man kann et net meäte,
send sue vüel Wöert wär verjeäte.

Neet mii-er jebruuk send alde Wöert
en Hongkwärek un Huddel,
Buure op et Longk,
Musik un Jeduddel.

Vör noie Denge vällt en Platt d'r Naam,
wii Computer, Laptop un angere Kraam.

Platt hüere un verschtoan -
jeet noch et beäs,
woateäje schrii-eve, leäse un schpräeke
ös vör mänicheene d'r blanke Schträss.

Vör de mee-iste Lüü;
dii noar os jeboore,
jeet t'songer Platt –
ooch ö Schtök Kultuur verloore.

*

Die Missmutige

Oft bleiben bei Geschichten mehr als Fragen,
so etwas schlägt sich auf den Magen.

Die Lore – vom Lichtenberg daheim,
treibt es manchmal fast gemein.

Morgens früh' fängt es schon an,
sie steigt aus dem Bett - so ganz im Tran.

Sofern es draußen friert und schneit,
ist's ihr nicht recht – sie klagt ihr Leid.

Ist es warm und scheint die Sonn',
Lore hält auch da nichts von.

Fragst du sie – wie es ihr geht,
zieht sie ein Gesicht – das ihr nicht steht.

Von Nichts und Niemanden
ist sie zu beneiden,
ich glaub' sie kann sich selbst nicht leiden.

Dii Mutseprumm

Nee – wat woar dat hüet ne Daach,
suejät schläät sech op d'r Maach.

Dat Lore van d'r Leetebärech
dii driv et döks ö pinke ärech.

S'morjes vröech vängk dat all aan,
dii vällt uut et Bed – sue jants em Traan.

Vrees et buute un et schnait,
nee – dat ös där jaarnet rait.

Ös et wärem un schinnt de Sonn,
Lore hält doa ooch neks von.

Wän de vroach's wii et ör jeet,
träk dii all ö lang Jesee-it.

Möt neks un nii-emes
ös dii tevrii-e,
ech jlöev dii kann sech sälefs net lii-e.

Genau so schnell ist sie eingeschnappt,
wenn irgendetwas nicht geklappt.

Sie hat keine Freude und kann nicht lachen,
was soll man nur
mit so einem Weibsbild machen?

Stets hörst du von ihr nur den Frust,
nein – dafür hat sie heut' keine Lust.

Zieht lang den Mund – so weit sie kann,
schaut dich treu wie ein Truthahn an.

In allen Ecken hat sie herumgehangen,
wusste nichts mit sich anzufangen.

Dies und jenes – das will sie nicht,
und was sie will – das bekommt sie nicht.

Liebe Leute – nehmt es mir nicht krumm,
so jemand wie Lore –
das ist eine echte „Mutseprumm".

*

Eävesue vlott ös se enjeschnapp,
wän örejes jät neet sue jeklapp.

Se hät kän Vroit un kann net laache,
wat well'se möt sue'n Vrolij maache.

Ömer hüer'se van ör bloos,
nee doavör hät se hüet kän Loss.

Träk dann noch en lange Schnuut,
kik dech aan net wii ne Schruut.

Se hät maar en de Äk jeschtange,
witt neks möt sech aantevange.

Dit un dat - dat well se net,
un wat se well dat kritt se net.

Leev Lüü - näemt et mech net krumm,
suejät wii dat Lore –
dat ös en ächte Mutseprumm.

*

Der Traum

Zwischen wach sein und tiefem Schlaf,
zählt man oft Schaf für Schaf.

Man wundert sich wie man alles erreicht,
im Traum ist es logisch
und mühelos leicht.

Hundert Dinge kommen dir in den Sinn,
in dem Durcheinander steckst du mittendrin.

Leute - an die du jahrelang
nicht mehr gedacht,
besuchen dich im Traum – Nacht für Nacht.

Wo du nun gar nicht mitgezählt,
dass dir der Name sofort einfällt.

Was du gerade noch siehst an einem Ort,
wechselt schnell – und schon ist es fort.

Eben noch hier – dann wieder da,
kann es sein – ist es wahr?

D e ä   D r o o m

Tösche woker sii-en un deepe Schloap,
tälls'e döks Schoap vör Schoap.

Man wongert sech wii - un wat alles jeet,
em Droom ös et logisch
un möi-eloas leet.

Hongerte Denge valle dech en,
en deä Dureen schtäk'se mödde d'renn.

Lüü aan dii de joarelang
net mii-er jedait,
besööke dech em Droom – Nait vör Nait.

On wou'se joarneet mii-er möt jetällt,
dat dech träktemang deä Naam wär envällt.

Wat du jraat noch süü-es – dat jeet sue vlott,
ne Ooreblek maar – un schwupp ös et vott.

Äfkes noch hee – un due wär doa,
kann dat sii-en – on ös dat woar?

Letzte Nacht hab' ich schlecht geträumt,
bin durcheinander –
immer noch nicht aufgeräumt.

Irgendetwas war tagsüber passiert,
die Nerven liegen blank – ich bin deprimiert.

Im Traum ist meist jemand hinter dir her,
du läufst was du kannst –
die Beine werden schwer.

Dann steht dort ein Haus –
die Tür wird gesucht,
schweißgebadet – es ist wie verflucht.

Das hast du dir nicht träumen lassen,
die Tür ist zu – und fest verschlossen.

Stemmen und drücken –
du wirfst dich dagegen,
mit Gewalt –
du denkst der Rahmen geht fliegen.

Du fällst aus dem Bett –
liegst am Boden im Raum,
eine Beule am Kopf – und aus ist der Traum!

*

Wat hab ech dees Nait toch schlait jedröömt,
ech bön duurönanger-
un nu noch net opjeröömt.

Örejesjät woar över Daach passiiert,
de Näerve ligge blangk – ich bön deprimii-ert.

Em Droom ös meestens i-iemes
henger dech här,

du löp's wat'te kann's –
dii Been weärde schwoer.

Doa schteet ös Huus – du söök's dii Düür
d'r Schweet schteet dech all op de Schteer.

Dat hais'se dech s'leäve net drööme loate,
dii Düür ös too - un voas verschloate,

Düü-e un dröke -
du wöerps dech doa teäje,
möt karacho -
denk'se deä Raam jeet due vleeje.

Du väll's uut et Bed
op deä blanke Boo-em,
en Büll aan d'r Kopp – un uut ös deä Droom.

*

W i s s t   i h r   n o c h . . .

Wisst ihr noch...
was, das wisst ihr nicht mehr?
Gut – dann erzähl' ich einmal von früher her.

So kann es oft am Stammtisch gehen,
wenn alte Männer beieinanderstehen.

Jaspers Josef – von der Bleichstraße daheim,
kaum zu glauben –
was er wusste blieb nicht geheim.

Wisst ihr noch – so tat er uns kund,
er hatte immer schon einen großen Mund.

Wie kurz nach dem Krieg – die ersten Jahr',
das für uns Kinder früher war.

Halb Rintgen lag in Schutt und Aschen,
viele Häuser hatten die Menschen verlassen.

Die Eltern hatten streng verboten,
dass wir die Trümmer
betreten und rumtoben-

Witt'se noch...

Witt'se noch...
wat dat witt' ör net mii-er?
Joot – dann vertäll ech dat noch ö kii-er!

Sue hüer'se döks em Schtammdoischrond,
wän oohe Knöpp beönanger schtond.

Jaspers Jüppke –
van de Bleekschtroat te huus,
net te jlöeve - wat deä alles wous,

Wiit'se noch – hoalt heä wiit uut,
heä haad all emmer en jruu-ete Schnuut.

Wii kört noar d'r Kree-ich – dii öerschte Joar',
vör os Kenger dat vroijer woar.

Halev Rintsche loach en Schutt un Asche,
vüel Hüüser haade de Minsche verlasse.

Dii Äeldersch haade schträng verboune,
dat wör dii Trümmer
maar blos neet betroune.

Trotzdem wurde über Mauern
und Eisenstangen,
geklettert und darauf herumgehangen.

Wir liefen über Stock und Stein,
hatten Beulen am Kopf und gebrochene Bein'.

Proviant waren Brausetüte
und Wasserflasche,
eine Schleuder hatte jeder in seiner Tasche.

Die Sommer waren heiß und stickig,
aber einen besseren Spielplatz gab es nicht.

Wir taten Lumpen, Papier und Metallrohlinge,
mit dem Handkarren
zum Lumpenhändler bringen.

Wenn Josef einmal von früher erzählt,
denkt er oft an Gott und die Welt.

Dabei wird das Meiste
vergessen und verrissen,
und Dinge –
die wollt ihr gar nicht mehr wissen.

*

Eävesejoot över Muure
un aan Ii-eserschtange,
woard jeklömp un draan jehange.

Et jing dech üewer Schtok un Schteen,
en Tuut aan d'r Kopp un jebroo-ekene Been.

Proviant woar en Brausetüüt
un en Waaterflääsch,
en Jii-ep haad jedder en de Boksetääsch.

Dii Soomer woare döks schtekich un heet,
äver 'ne beätere Schpeelplaats joev et neet.

Wör dii-ene Lompe, Papp' un Kooperdenge,
möt de Bolderkaar
noa Plagge Jöppke brenge.

Wän Jüppke eemoal van vroijer vertällt,
dängk heä döks aan Jott un de Wält.

Doabee wörd dat Mee-iste
toch verjeäte,
un Denge –
dii wel't ör joarnet mii-er wii-ete.

*

Die Schießbude

Zweimal im Jahr,
Musik und Palaver – die Kirmes ist da.

Karussells, Selbstfahrer, Reiterzelt
und die ganze Kirmeswelt.

Kirmes feiern und genießen,
dazu gehört auch oft das Schießen.

Auf der Löh und Rintger Markt,
Heinz und Anton kamen in Fahrt.

Eine Schießbude – musste her,
auf dem Tisch lag ein Gewehr.

Fünf Schuss – für eine Mark rund,
tönte es aus des Schaustellers Mund.

Blumen, Bilder und Figürchen,
standen auf hohlen runden Röhrchen.

Dii Scheetbuud

Twee kii-er em Joar,
Tüürelüü un Palaaver – de Kermes ös doa.

Kartsäls, Sälefsvaarer un et Hippedroom,
un all deä angere Kermeskroam.

Alltiit wän wör Kermes fii-ere,
well jeder ooch ens Scheete lii-ere.

Op de Löh un Noi-e Maart,
koam Hein un Tüü-en op ens en Vaart.

En Scheetbuud – mod nue här,
op d'r Doisch loach ö Jeweer.

Fii-ev Schuu-et – vör en en engkele Mark,
reep deä Minsch laut möt sii-en Braak.

Blömkes, Beldsches un Figüerkes,
schtond op köerte Jipshoalröerkes.

Heinz legt an und spannt die Flint',
er ist sicher, dass er gewinnt.

Knapp daneben – ist auch vorbei,
nun ist Anton an der Reih'.

Er legt an – das Blümchen fällt,
genau zielen ist das was zählt.

Es dauert nicht lang' bis Anton weiß,
jetzt holt er den ersten Preis.

Ein großer Bär – ein lustiger Gesell',
mit glasigen Augen und flauschigem Fell.

Man muss jedoch nicht unbedingt gewinnen,
was zählt ist die Freude –
sie kommt von innen.

Am Ende ist es halt einerlei,
eine Schießbude
gehört bei der Kirmes dabei.

*

Hein leäch aan un schpaant dii Flint,
un ös seeker dat heä jät jewinnt.

Knapp doaneäve ös ooch vörbei,
nu-e ös Tüü-en due aan de Rai.

Heä leäch aan – dat Blömke vällt,
jenau te t'siile – ös dat wat tällt.

Et düert net lang dann ös jewiss,
Tüü-en hoalt sech d'r öerschte Priis.

Ne jruu-ete Beär – ne lostiije Jesäll,
möt jlaasiije Oore un flauschisch Väll.

Et jeet partuu net öm et jewinne,
dii Vroit te scheete
dii kömp van bönne.

D'röm bliiv et sue wii ech dat see,
en Scheetbuud
jehüert be en Kermes dorbee.

*

Der Maulwurf

Desto älter Josef nun war,
wurde ihm Jahr für Jahr klar;

man lebt so wie man es nimmt,
sofern rundherum alles stimmt.

Sein ganzer Stolz – ein gepflegter Rasen,
auf einmal sah er da
einen Maulwurf grasen.

Immer weiter – peu á peu,
flog die Erde dort in die Höh'.

Josef schaut sich die zwanzig Hügel an,
verflucht – was macht man nur daran?

Erschießen, vergasen oder Gift auslegen,
der Artenschutz
spricht für den Maulwurf dagegen.

Andererseits
muss man den Maulwurf verstehen,
er gräbt nun einmal und lässt es geschehen.

Deä Mol

Däs'de älder Jupp woar,
woard öm Joar vör Joar kloar;

man mod et Leäve neäme wii et kömp,
doamöt rongköröm alles schtömp.

Sii-ene jontse Schtolts –
deä schuu-ene Raase,
op ens woar doa ne Mol aan't jraase.

Ömer wiijer pöe a pöe,
vloo-ech dii Eert doa en de Hüeh'.

Jupp luurt dii twentich Höövel aan,
t'sapperloot – wat dee'se doa d'raan?

Drop scheete, verjaase of Jef uutleäje,
Aartenschots vör deä Mol
schprek waal doateäje.

Nu mod man äver ooch deä Mol verschtoan,
deä häd dat Jraave all ömer jedoan.

Er lebt unter der Erde – es bekommt ihm gut,
ist zudem blind – sieht nicht was er tut.

Der Maulwurf behilft sich – er hat keine Lobby,
graben ist nun mal sein Hobby.

Er hat einen Freibrief,
sein Leben zu gestalten,
da wird der Maulwurf sich stets dranhalten.

Auf das ältere Recht – da besteht er drauf,
der Boden – sein Biotop gibt ihm freien Lauf.

Wie sollen Kinder die Jagd auf den Maulwurf begreifen,
die gern einem Plüschtier
über den Rücken streichen.

Für den Maulwurf und den Freund des Garten,
sollte man beiden wohlgemeint raten;

Freiheit und Fluch sind Glück und Gaben,
mit Ehrgefühl sollte man den Maulwurf -
<u>lebend</u> begraben...

*

Heä leäv en d'r Jrongk sue joot et jeet,
ös blengk un süü-et neks wat heä deet.

Deä Mol behölep sech – heä hät jeen Lobby,
jraave ös nu ens sii-en Hobby.

Heä hät ne Vree-ibreef
sii-en Leäve te jeschtalde,
doa deet deä Mol sech voas draan halde.

Op dat äldere Rait beschteet heä drop,
deä jontse Boo-em ös sii-en Biotop.

Wii möeje Kenger dat maar bejrii-epe,
dii jeär ne Plüüschmol
över d'r Röök dont schtrii-eke.

Vör deä Mol un deä Vröngk van d'r Jaart;
ös d'röm flee-its ne joo-e Roat,

Jootheet un Ondüech send Jlök un Schtraave,
möt I-ierjevööl ös deä Mol
leävend te bejraave.

*

Das Sommerloch

Ich denke – früher war Niemanden klar,
ein Sommerloch – was das doch war?

Waren es die „Alten" oder die „Jungen",
wer hat das Sommerloch erfunden?

Vielleicht ist es im Sommer auch viel zu heiß,
steht die Sonn' höher –
dann fließt der Schweiß.

Allzeit Kluge dann fabulieren,
die ansonsten die Zähne
nicht auseinanderkriegen,

sich in Gerüchte dann versteifen,
erzählen was sie selbst nicht begreifen.

Menschen aus der zweiten Reih',
erfinden dann aufs neu das Ei.

Der Schützenbrüder General,
ist seit Jahren Müller's Karl.

Dat Soomerloak

Mech töngk dat vröijer nii-emes wous,
ö Soomerloak – wat ös dat blos.

Woare et dii „Alde" of dii „Jonge",
weä hät dat Soomerloak ervonge?

Flee-its ös et em Soomer
ooch vüel te heet,
wän dii Sonn' jät höijer schteet.

Soomerklooke dii duu fabulii-ere,
dii söös de Täng net uutreen krii-eje,

dont en Jerüchte sech verbii-ete,
vertälle wou'se neks van wii-ete.

Minsche uut de tweede Rai,
ervenge dann op noi dat Ai.

Van os Schötterai d'r Jeneraal
ös send's Joare Müller Karl.

Irgendwie wurde intern bekannt,
seine Frau wäre durchgebrannt.

Mit Luigi aus Sizilien,
auf Besuch bei seinen Familien.

Müller's Karl - so ergibt sich dieser Reim,
saß mit sechs Kindern nun daheim.

Doch auf einmal hörte man schon,
seine Frau war auf der Wöchnerstation.

Das siebte Kind kam auf die Welt,
da hatte niemand mehr mitgezählt.

Aber – da sieht man wie es geht,
wie schnell oft ein Gerücht entsteht.

Wenn einem nichts mehr
zum Erzählen bleibt,

kommt jedes Jahr ein Sommerloch –
das neue Blüten treibt.

*

Örjendswii woard due bekannt,
öm sii-en Vrouw ös duurjebrannt.

Möt Luicie uut Sizilien,
op Besöök be sii-en Familii-en.

Nue soat Müller Karl te heem,
möt seäs Puute be-eneen.

Toch op ens doa hüert'se schuu-en,
sii-en Vrouw woar maar op Schtatsioen.

Dat söevente Blaach koam op de Wält,
doa haad nii-emes mii-er möt jetällt.

Äewer doa könt' ör ens sii-en wii dat jeet,
wii jauw döks ö Jerücht enschteet.

Wän et neks mii-er te vertälle jiiv,
kömp jeddes Joar ö Soomerloak –
dat blivv.

*

Der 3. Lebensabschnitt

Der erste Lebensabschnitt ist prima,
der zweite Teil gut,

der dritte Teil verträgt kein Klima,
den steckst du dir am Besten an den Hut.

Jede Zeit – ist kurz, lang oder groß,
sie kommt, ist da – dann bist du sie los.

Die erste Lebzeit – man ist jung und selig,
was man auch tut – man hat es eilig.

Dann kommen die Jahre – du bist nicht allein,
gesund und zufrieden –
ein vertrautes Zusammensein.

Mit einmal sind sie da – die Wechseljahre,
die dritten Zähne –
man verliert zusehends Haare.

Darauf hast du gewartet, gefreut bist beglückt,
bekommst das Rentenkärtchen
in die Hand gedrückt.

Deä dredde Plök

Deä ö-erschte Plök ös priima,
deä tweede Plök ös joot,

deä dredde Plök verdräech jeen Klima,
däm schtäk'se dech et bääs maar aan d'r Hoot.

Jede Plök deä hät sii-en Tiit,
heä kömp, ös doa, dann böss'e öm kwiit.

De ii-erschte Leävtiit, jongk sii-en un et Jlök,
wat de och dees – dou häs' et drök.

Dann komme dii Joare – dou bös net alleen,
jesongk un devrii-ene –
ös et net schuu-en?

Un schwup send'se doa – de Wäseljoare,
de dredde Täng' –
dou verlees de Hoare.

Doa drop häs'se dech all lang jevroit,
krii-cs dat Räntekäertsche
en de Hangk jedeut.

Du achtest nun auf Essen und Getränke,
was jetzt knacken – das sind die Gelenke.

Auf das Alter sollt' jeder sich freuen,
mit Partys lockt das Altersheim.

Fünf Uhr aufstehen – Pillen, Spritzen legen,
sechs Uhr Frühmesse mit Paters Segen.

Das Frühstück trocken – der Kaffee schlapp,
um elf Uhr immer der gleiche Mittagspapp'.

Bis drei Uhr wird dann wieder geschlafen,
hinterher durchs Haus gelaufen -
wo sich Gleichgesinnte trafen.

Mit Sport hält man sich fit,
Rollatorrennen ist der aktuelle Hit.

So sieht es aus – ist es nicht geil,
kurz und knapp – der letzte Teil.

*

Dou dörev's net mii-er alles eäte un drengke,
wat knake – dat send jäts de Jelängke.

Op et Alder kann jeder sech vroien,
möt Party's föökelt et Aldersheem.

Viiv Uer opschtoan – Schpritse un Pillen,
seäs Uer Vroimäss möt Pater Willem.

Dat Vröischtök drüech – deä Kaffee schlapp,
öm älev Uer ömer deä säleve Meddespapp.

Bös dree Uer wörd dann wär jeschloape,
hengerhär jet duur et Huus jeloope.

Möt Schport hält man sech fit,
Rollatorrenne ös deä Hit.

Su-e süet et uut – ech wärd verrök,
kört un knapp – d'r dredde Plök.

*

Die Vorteilswirtschaft

Nun sag' noch Einer
er wüste nicht wie das geht,
der Vorteile eben entsprechend dreht.

Im Kindergarten trainiert man die Gaben,
den Buntstift von Fritzchen
möchte Jüppchen gern' haben.

Jüppchen gibt Heini ein selbstgemalt' Bild,
damit er im Tausch
von Fritzchen den Buntstift erhält.

So ein Handel steht noch auf jungen Füßen,
doch die Zukunft lässt bereits grüßen.

Georg war nicht dumm –
das kann man nicht sagen,
aber studieren – warum sich plagen?

Die Eltern haben das vorausgesehen,
eine wirksame Spende – oh Wunder -
Georg konnte das Studium bestehen.

Es kam so wie es kommen musste,
es ging gut – was jeder wusste.

D i i   K l ü n g e l a i

Nu saach noch enne
heä wöös känne Bescheed,
wii dat möt dat „Klüngele" jeet.

En d'r Kengerjaart vängk dat all aan,
deä Bongkschtiff van Fritzke
möet Jüppke jeär hann.

Jüppke jöev Heini ö sälefs jemoalt Bilt,
doamöt heä em Duusch
vüer Fritzke deä Bongkschtiff kritt.

Dii Klüngelai schteet noch op jonge Püü-et,
toch et ös aavtesii-en – wii et wiijer jeet.

Schorsch woar net domm –
dat kann man net saare,
äver schtudeere – koem neet en Fraare?

Dii Äldersch habbe dat angersch jesii-en,
en döschtije Schpende – un schwup –
Schorsch woar em Schtudium d'ren.

Dann koem et wii et komme moet,
jejange ös et ömer noch joot.

Eine Hand wäscht die Andere –
man bleibt nicht allein,
man kennt sich, hilft sich in diesem Verein.

Stell' dir vor du baust ein Haus,
Banker und Makler – die kennen sich aus.

Die bringen die Geldmaschine ans Laufen,
der Architekt will dir seine Ideen verkaufen.

Das Bauamt wartet schon auf seinen Plan,
der Architekt kennt zufällig den Maurer,
wie auch den Zimmermann.

Selbst der Installateur,
Elektriker und Maler,
warten auf dich – den gutmütigen Zahler.

Geben und Nehmen – eine uralte Moral,
es läuft wie geschmiert – man hat keine Wahl.

Ob kleine Teufel oder heilige Herrschaft,
überall blüht die Vorteilswirtschaft.

*

Een Hangk wäesch dii Angere -
un bliiv net alleen,
man kännt sech un hölep sech et beäs mötöneen.

Schtäll dech ens vüer dou bouw's ö Huus,
Bangklüü un Makler dii känne sech uus.

Dii brenge dii Jältmaschiin aan't loope,
d'r Architekt well dech sii-en Ideen verkoope.

Dat Bauamet waat all op sii-ene Plan,
deä Architekt kännt tuvallich dän Müürder,
en ooch deä Timmermoan.

Sälefs d'r Installateur,
Lektriker of Aanschtriiker,
un all dii Angere hät heä op d'r Kiiker.

Jeäve un Näeme – en uuralde Moral,
dat löpp van alleen – man hät ooch jeen Waal.

Möt kleene Düüvel of hellije Ängel,
üewerall bloit deä „Kölsche Klüngel".

*

Dii Tablettendose

Inzwischen sind wir in dem Alter grad',
wo jeder eine Tablettendose hat.

Der Apotheker vergießt eine Freudenträne,
er hat Pillen für den Magen,
die Füße und die Zähne.

Passende Dosen gibt es in Plastik,
Keramik oder Porzellein,
und exklusiv auch aus Elfenbein.

Unterteilt für die Pillen – nach Tageszeiten,
dass steht auf der Dose –
danach soll man sich leiten.

Ansonsten ist nicht mehr auseinander zu halten,
wie sich dicke, dünne, halbe und ganze Pillen
zueinander gestalten.

Dann gibt es Pillen in bunten Farben,
sie beruhigen die Nerven – lässt man sich sagen.

Die Rote – ist gegen Krampfadern zunächst,
die Grüne – damit das Haar wieder wächst.

Dat Pilledüeske

Ongertösche send wör en dat Alder nät,
woa jeder ooch ö Pilledüeske hät.

Deä Apoteeker riiv sech de Häng',
heä hät Pille vüer d'r Maach,
de Vööt un de Täng.

Dii Düeskes jöev et en Plastik,
Keramik of Portselain,
un äksklusiv ooch uut Elfenbein.

Ongerdeelt vör dii Pille - noa Daarestiite,
dat schteet op dii Duu-es –
dat mosse wii-ete.

Söös ös neet mii-er uutreen te halde,
dekke of dünne Pille - jantse of halve.

Dann hant'se dii en bongkte Färve,
et hitt – dii beroije de Närefe.

Dii ruu-e Pill –
ös teäje Krompaderne et beäs,
dii jröene - doamöt et Hoar wär wää-es.

Die Weiße nimmt man gegen Cholesterin ein,
und die Blaue soll gegen Impotenz sein.

Dann hab' ich gegen Erkältung,
Kopfschmerz und Übelkeit,
immer noch eine weitere Pille bereit.

Die Pille fürs Herz ist dunkelrot,
die Gelbe ist für die Gelenke sehr gut.

Drei Mal am Tag die gleiche Prozedur,
durch Kehle und Magen wie eine Kur.

Damit es rutscht – einen Schnaps hinterher,
da freut sich die Leber umso mehr.

Für jede Art Schmerzen gibt es Pillen,
sogar noch am Ende –
beim letzten Willen.

Die Pillen zu verwechseln wäre katastrophal -
dagegen nehme ich sofort die lila Pille,
dann ist mir alles scheißegal.

*

Dii witte es täeje Kolesteriin,
un dii blaue sal teäje Impotens sii-en.

Dann hab ech noch vör de Verkäldicheet
un Koppiin ömer en Pill jereet.

Dii Pill vör et Hart ös donkelruu-ed,
dii jeäle vör de Jelängke
ös ooch verdöelt joot.

Dree kii-er per Daach dat säleve Schpeel,
en deä Maach un duur de Keel.

Doamöt et rötsch - noch ne Fuusel hengerhär,
doa vroit sech dii Leever ömsuemeer.

Vör jedde Tsoort van Pinn jöev et Pill',
bös op et läts –
vüer d'r laatsde Will'.

Dii Pille te verwäesele wüer katastrovaal,
doavüer neäm ech dii lila Pill -
dann ös mech alles scheissejaal.

*

Die „Alte Zeit"

Nein – was war das früher schön,
man hörte oft vertraute Tön'.

Schnell geht das Leben an uns vorbei,
aber man war doch selbst dabei.

Versuche einmal zurück zu denken,
dem sollst du einen Augenblick schenken.

Unmittelbar – kurz nach dem Krieg,
Grießsuppe ade – es gab wieder Fleisch.

Die Leute haben wieder angepackt,
aufgebaut - sich gefreut, dass es klappt.

Zum Teil war die Familie noch beieinander,
nicht wie heute – weit auseinander.

Zusammen ging es auch auf „Tour",
inzwischen auch jeder ein Auto fuhr.

Nordsee, Eifel und nach Italien,
sah man jetzt die Familien ziehen.

Dii „Alde Tiit"

Nee – wat woar dat vröejer schöön,
sue hüer'se döks vertraude Tüü-en.

Vlott jeet dat Leäve aan os vörbee,
verdöllt - man woar joa sälefs doarbee.

Versöök maar äfkes t'röök te dengke.
duu-en däm jau ne Ooremblek schängke.

Jüstemang – kört noar d'r Kree-ich,
Papp-t'supp - adee – et joev wär Vlee-isch.

De Lüü habbe en de Häng jeschpeut,
opjebaut – sech wär jevroit.

De Familisch woar mee-is noch beeneen,
net wii hüet – döks wiit uutreen.

Tesaame jing et ooch op „Tour",
hoas jedder nu ö Auto vuur.

Noordsee, Eifel un üewer de Alpe,
soah'se nu de Minsche talpe.

Glaube und Hoffnung waren nicht mehr zu nehmen,
anders zu denken musste man sich schämen.

Sonntags erst noch in der Kirche beten,
danach wollte man gegen den Fußball treten.

Und abends zog der ganze Trupp',
mit Nachbars Peter und Köhnen Jupp',

für die Musik, den Tanz und dem Schwoof,
zur Kaisermühle oder zum Genengerhof.

Walzer, Tango, Rock ´n´ Roll,
ja, man trieb es manchmal toll.

Vierzig Pfennig kostete damals ein Bier,
die „Alte Zeit" - sie kommt nicht mehr.

*

Jlöev un Hoap schtongke voos tesaame,
angersch te dängke moot man sech schaame.

T'sondaachs öersch en de Kerk noch bee-äne,
doanoar teäje d'r Fussball träene.

S'oavends troak deä jantse Trupp,
möt däm Pitter un däm Jupp,

vör de Musik un ooch d'r Schwoof
noa de Kaisermüel - of Genengerhoaf.

Walzer, Tango Rock en Roll,
joa – man drii-ev wär ärech doll.

Vaier Jrosche koas'et ö Bii-er,
dii „Alde Tiit – dii kömp net mii-er.

*

Das Wörtchen „zu"

Was will uns das Wörtchen „te" sagen?
Jeder im Rintgen hat dies schon erfahren.

Nach dem „te" wird hier oft gelauscht,
mal ist es „zu" klein – oder „zu" groß aufgebauscht.

Mit Stammeln hat das nichts zu machen,
das wäre zu einfach und nicht zum Lachen.

Egal wo ich auch steh' und bin,
mal ist es „zu" dick – dann wieder „zu" dünn.

Das Lied welches ich gestern sang,
war entweder „zu" kurz oder „zu" lang.

Trinkst du einmal „zu" gierig und flott,
der Krug ist leer – und du rennst zum Pott.

Du läufst, hast aber „zu" wenig Zeit,
vielleicht ist es „zu" nah – oder „zu" weit.

Dat Wöertsche „te"

Jeder em Rintsche hät dat all ervaare,
äver wat well dat Wöertsche „te" saare?

Noar dat „te" wörd döks jeluustert,
jät es „te" kleen – of „te" jruu-et opjepluustert.

Möt Stammele hät dat neks „te" duu-en,
dat wüer „te" äffe un net sue schuu-en.

Ejaal wou ech ooch schtoan on bön,
jät es „te" deck – jät es „te" dönn.

Dat Leedsche dat ech jistere songk,
es waal „te" kört – of jät „te" longk.

Un drengk'se ens „te" vlott un doll,
es dat Jlaas „te" leäch of noch „te" voll.

Döks hät man ens „te" wännich Tiit,
flee-its es et „te" noa – of due flee-its „te" wiit.

Mit Streichen putzt man oft die Platte,
bis man sie „zu" trocken – oder noch „zu" nass hatte.

Der Wein ist dem Winzer oder Bauer,
einmal „zu" süß – dann wieder „zu" sauer.

Maria ist für das neue K leid,
mal „zu" schmal – dann wieder „zu" breit.

Morgens aufstehen auf der Stell',
ist dem Einen noch „zu" dunkel – dem Anderen „zu" hell.

Josef ist „zu" arm und Hans „zu" reich,
im letzten Stündchen sind sie wieder gleich.

Das ist „zu" grau – das ist „zu" bunt,
nun sag' mir – ist unser Dialekt der Grund,

warum wir immer das „zu" - nennen?
Wer das erklärt – kann als Weiser sich bekennen,

*

Met schtriike puts man jau en Plaat,
ens es et „te" drüsch – dann wär „te" naar.

Deä Wiin es be en Kneipenkuur,
ens „te" sööt – dann wär „te" suur.

Marie es vör dat noie Kleed,
ens „te" schmaal – dann wär „te" breet.

S'morjes opschtoan op „te de Schtäll,
es vör deä Eene noch te düester –
vör deä Angere „te" hell.

Jüppke es „te" ärem – un Hannes „te" riik,
em lätsde Schtöndsche send se wär jliik.

Dat es „te" jriis – dat es „te" bongk,
nu saach mech jauw – es oss Platt deä Jrongk,

woröm wör ömerdat „te" jebruuke?
Weä dat witt – dat es ne Klooke!

*

Lass' die Tanne stehen!

Ich, eine schlanke Tanne,
bin vom „Hohen Busch" zu Hause.

Da wo ich stand,
hatte ich einen Platz an der Sonne.

Viel frische Luft und eine ganze Menge
gut gewachsener Kameraden.

Nun war ich ja der Kleinste,
aber immer darauf bedacht größer zu werden.

Was wäre das schön, so groß zu sein
und über die Anderen drüber zu sehen,
um nach Viersen und übers Land zu schauen.

Ein wenig neidisch war ich
auf die anderen Bäume wegen der Garderobe.
Ich hatte ja nur dieses eine grüne Kleid an.

Im Frühjahr trugen sie grüne,
im Sommer gelbe, im Herbst braune Kleider,
und im Winter standen sie nackt im Wald herum.

Fiel aber genügend Schnee,
dann hatte ich das schönste weiße Kleid.

Lott dii Tann schtoan!

Ech schlongke Tann,
bön van d'r „Huure Boosch" te heem.

Doa woa ech schtong,
haad ech ne joo-e Plaats aan de Sonn.

Vüel vresche Loff un ne jontse Hoop
joot jewaasene Kameraade.

Nu woar ech joa d'r Kleenste,
äver ömer doa drop bedait jröeter te weärde.

Wat wüer dat schuu-en sue jroo-et te sii-en
on över dii Angere d'rüever te kiike,
öm noar Viersche un över et Longk te luure.

Ö bötsche naidisch woar ech
op dii angere Bööm wäejens d'r Jaarderobe.
Ech haad joa maar dat eene jröene Kleed aan.

Em Vroijoar droare dii jröene,
em Soomer jeäle, em Härevs bruune Klaier,
on em Wengter schtonge se näk en d'r Boosch öröm.

Veel äver öerdentlik Schnii-e,
dän haad ech et schuu-enste witte Kleed.

Mit allen Tieren und Vögel im Wald
war ich per „Du".

Oft wenn sie sich verstecken mussten,
krochen sie unter meine Zweige.

Kamen aber Menschen
mit ihrem Hund vorbei, passierte es;
dass sie an meinem Standbein
ihr Geschäft verrichteten.

Nach fünf Jahren, kurz vor Weihnachten;
ich dachte an nichts Schlimmes,
kamen Leute mit einer Axt in den Wald.

Von heute auf morgen
musste ich meine Heimat verlassen.

Mit vielen anderen Flüchtlingsbäumen,
wurden wir einzeln bei fremden Familien untergebracht.

Fußfessel wurden mir angelegt
und Schrauben durch die Beine getrieben,
damit ich in dem Sockel nicht umfiel.

Ich hatte Mühe genug, gerade zu stehen,
da hingen sie an meinen Zweigen
noch bunte Kugeln, Leckereien
sowie verschiedene Figuren.

Möt all dii Diersch on Vüü-ejel en d'r Boosch
woar ech per „Du".

Döks wän se sech verschtäke moote,
kruupte se onger miin Täliche.

Wän äver Minsche
möt ören Hongk lans koame, paseerde et,
dat dii mech aan d'r Schtrongk pischte.

Noar viif Joar, et woar kört vör Kresmes,
ech dait aan neks schlömmes,
koame Lüü möt en Aks en d'r Boosch.

Van hüüt of moreje
moot ech miin Heemoat verloo-ete.

Möt ne Hoop angere Asylantebööm
woarde wör engkel
be vreäme Familii-e ongerjebrait.

Ech krii-ech en Voosfäessel aanjelait,
un Schruuve duur de Been jedrii-eve,
doamöt ech en deä Sockel net ömveel.

Ech haad all Möi jenoch doamöt
jraad te schtoan,
doa hänge'se aan miin Täliche
noch bongte Kuurele, Läkertsoich
un verschaie Fiijüerkes d'raan.

Reichlich mit Lametta geschmückt,
dass ich selbst nicht mehr durchsah.

Auf die Spitze des obersten Zweiges
drückten sie einen großen goldenen Stern.

An meinen Kopfschmerzen und Migräne
hat sich kein Mensch gestört.

Jedes mal, wenn eine Kerze
an meinen Zweigen festgeklemmt wurde,
hätte ich vor Schmerzen schreien können.

Vor meinem Fuß hatte man ein Krippenspiel aufgebaut.
Eine Hütte, einen Trog –
wo ein strampelndes Püppchen drin lag,
einen älteren Mann, eine junge Frau,
einen Esel, einen Ochsen,
sowie viele andere Figuren.

Die Mutter der Kinder legte verschiedene
Päckchen unter meine Zweige.

Im Zimmer war es schon heiß genug,
da zündete der Vater noch die Kerzen an.

Mit dem Lied „Ihr Kinderlein kommet...",
kamen danach alle Kinder, Vater und Mutter,
Opa und Oma und der Rest der Familien herein.

Van Lametta sue vüel,
dat ech sälevs neet mii-er doa duur kiike kuu-es.

Op dii Schpets van mii-enen Tälich
habe se ne jruu-et joldene Schteer jedoit.

Aan miin Kopping un dii Mijräene
hät sech jeene Minsch jeschtüert.

Jedes Kii-er wän en Käerts
aan miin Täliche voas jeklämp woard,
hai ech vör Piin schraie könne.

Vör miin Vööt
haade'se ö Krepeschpeel opjebaut.

En Hött, en Kreep;
woa ö schtrampelnd Pöpke d'ren loach,
ne äldere Moan, en jonge Vrouw, ne Eäsel, ne Oos,
suewii ne jontse Bärem van Fiijüerkes.

Dii Mamm van däeren Kenger,
lääjed verschaie Päkskes onger miin Täliche.
En dii joo-e Kaamer woar et al heet jenoch,
doa meek deä Minsch ooch noch dii Käertse aan.

Möt dat Leed „Ör Kengerkes kommet..."
Koame dii Kleutersch, Vaader, Mooder,
Opa, Oma un deä Räs van de Familisch ö-rin.

Jeder erhielt ein Päckchen,
die Kinder wohl zwei oder drei.

Der große Fehler war,
dass nun die Wunderkerzen angesteckt wurden.

Die unverheiratete Tante
fiel über einen Karton unmittelbar auf mich zu
und ich, der Tannenbaum, fiel direkt auf die Tante.

Es gab eine Stichflamme
und alles brannte lichterloh.
Die Feuerwehr löschte den Brand.
Die einst stolze Tanne lag schwarz verkohlt auf dem Grund.

Da haben sie mich aus dem Fester geworfen
und im Garten liegen gelassen.
Nur ein kleiner Zweig
hatte nichts abbekommen.

Wenn nun ein Wunder geschieht,
kann dort in ein paar Jahren
wieder ein prächtiger Baum wachsen.

Und die Moral aus der Geschicht':
Lass die Tanne stehen –
nehmt' lieber eine Ficht'.

*

Jeder kree-ich ö Päkske,
dii Kenger waal twii-e of dree.

Deä jröetste Veäler woar
dat aanschtäeke van de Wongerkeärtse.

Dii aanjetraude Tant'
veel över ne Kartong deräktemang op mech drop,
un ech deä Tanneboom – veel paavtich över dii Tant'.

Et joo-ev en Schteechvlamm,
un alles brännet lee-iterloo.
Noardäm dii Vüermänkes jelöscht haade,
loach dii schtaatse Tann schwort verkoolt op d'r Jrongk.

Du habe se mech et Vinster öruut jeschmiiete
on en d'r Jaart ligge jeloate.
Ne kleene Tälich
hät äver neks aavjekrii-eje.

Wän nu ö Woonger paseert,
kann doa en ö paar Joar
wär ne schtaatse Boom waas'e.

On dii Moral van där Jeschicht;

Lot dii Tann schtoan –
neäm leever dii Ficht'!

*

Nachwort

Wie ihr das schon gewohnt seid,
bedanke ich mich wieder bei den Leuten
oder Dingen die mitgeholfen haben,
die Erzählungen zu schreiben.

Das sind: die bei der Treibjagd etwas gewonnen
oder verloren haben.
Leider immer mehr Leute, die keinen Dialekt sprechen.
Eine schlecht gelaunte Person,
die mit nichts zufrieden ist.
Der verdammte Traum im Halbschlaf.
Wie das noch in den Nachkriegsjahren war.
Eine Schießbude gehörte auf jede Kirmes.
Auch der Maulwurf hat sein Eigenleben.
Verrücktes Gerede im Sommerloch.
Freue dich auf den 3. Lebensabschnitt.
Die krummen Geschäfte blühen überall.
Zu allem gibt es Pillen
Die „Alte Zeit" - sie kommt nicht mehr.
Was so eine Tanne mitmachen muss.
Alles was mit „zu" anfängt.
Und selbstsprechend all die anderen Dinge.

*

N o a r w o e r t

Wii ör dat all jewännt sett,
bedangk ech mech wär be dii Lüü of Denge,
dii mötjeholepe habbe deä Vertäll te schrii-eve.

Dat send: dii be de Driivjaacht jät jewonne
of verloare hant.
Ömer mii-er Lüü jeen Platt schpräeke dont.
En Muutseprumm möt neks tevrii-e ös.
Deä verdölde Droom en d'r Halevschloap.
Wii dat en de Noarkree-ichsjoare woar.
En Scheetbuud jehüeret op jedde Kermes.
Ooch deä Mol hat sii-en Eejeleäve.
Jecke Vertäll em Soomerloak.
Vroi dech op d'r dredde Plök.
Dii Klüngelai jöev et üewerall.
Vör alles jöev et Pille.
Dii „Alde Tiiet“ - die kömp net mii-er.
Alles wat met „te“ aanfängk.
Wat suen Tann' mötmaake mod.

Un sälefsschpräekend all dii angere Denge.

*